Barbara Nowak-Schneider

Durch die Zeit

Gedichte

Barbara Nowak-Schneider

Durch die Zeit

Gedichte

LICHTpunkte Band 29

TRIGA\VERLAG

Bibliografische Information Der Deutschen Bibliothek
Die Deutsche Bibliothek verzeichnet diese Publikation in der
Deutschen Nationalbibliografie;
detaillierte bibliografische Daten sind im Internet über
http://dnb.ddb.de abrufbar.

1. Auflage 2004

Herzbachweg 2, D-63571 Gelnhausen
www.trigaverlag.de
Druck: Digital PS Druck AG, Birkach
Printed in Germany
ISBN 3-89774-347-7

Inhalt

Durch das Jahr

In der Stille

Durch das Jahr

Suche nach dem Frühling

Lass uns den Frühling suchen,
zarter ist die Luft,
in der Weite zwischen Bäumen
Blumenseelen von ihm träumen
und ein Vogel ruft.

Ich möcht' mit meinen Augen,
dürstend nach ihm,
Grün aus den Bäumen saugen,
das Sonnenlicht entzünden,
den Frühling finden.

Hörst du die Stimmen überm Bach?
Druidensteingeflüster,
im bleichen, leeren Schneckenhaus
gehen Käfer ein und aus,
Vögel bauen Nester.

Längst verklungenes und nahes Leben,
ein Ahnen nur,
lass uns ihm entgegenschreiten
und ein Nest bereiten,
wie die Natur.

Frühlingsahnen

Irgendetwas ist anders
seit heute Nacht,
ein leises Schwingen:
Es ist vollbracht.
Erste Krokusse, zartes Grün,
gelbe Forsythien und Kätzchen blühn.

Der Tag ist länger,
der Himmel hell,
zaghafte Wärme
verbreitet sich schnell.
Muntere Vogellieder, sanfte Luft,
Ende des Dunkels, der Frühling ruft!

Wie Blumen aus der Erde
die Hoffnung keimt,
die aufsteigende Sonne
nun stärker scheint.
Wie an den Sträuchern die Knospe schwillt,
am Baum des Lebens sich Sehnsucht stillt.

Zeit ist es,
hebe auf den Blick,
auch deine Sonne
kehrt zu dir zurück.
Tag für Tag sie an Kraft gewinnt
und dich deinem Ziel näher bringt.

Vorfrühling in Darmstadt

Auf erhabener Höhe wandeln,
wenn blasses Licht durch kahle Platanen bricht,
Goldkuppeln verstohlen blinken
und trockene Brunnen noch unter Efeu ruhn.

Es reckt sich der Hochzeitsturm hoch über der Stadt
Ausschau haltend nach Paaren,
die bald wieder auf verwunschenen Bänken
zueinander finden und im Turme sich binden.

Verspielte Formen bewundern
auf Geländern und Mauern, Laternen und Türen,
Jugendstilblüten –
hier oben ist der Frühling ganz nah.

Aufwärtsstreben

Wie vom Himmel angezogen,
unaufhaltsam,
drängt der Keimling ans Licht,
Sturm und Regen,
Schnee und Kälte
kümmern ihn nicht.

Wie vom Leben angezogen,
hoffnungsvoll,
strebt der Mensch vorwärts,
geht durch Ängste
und Zweifel,
Leiden und Schmerz.

Jeder Enttäuschung
folgt neue Hoffnung,
irgendwann
setzt sich Lebensmut durch,
Wunden heilen,
dass man von vorn beginnen kann.

Nach jedem Winter
kommt ein Frühling,
mit Verlässlichkeit,
nutze seine frischen Kräfte,
Quelle des Lebens,
für eine neue Zeit.

Frühling im Ried

Berge blauen und schauen
hinunter auf Wiesen, die sprießen,
und Veilchen ein Weilchen verweilen,
gefolgt von der Lilie aus angesehner Familie.

An dümpelnden Tümpeln
trinken Buchfinken, die Flinken,
und Schmetterlinge mit Silberschwinge
schweben über den Wegen.

Die Sonne scheint mit Wonne
über den Schafen, die brav schlafen,
und den Lämmern, die vor sich hin dämmern.
Da saßen Hasen und fraßen – schau, wie sie rasen!

Sommer

Sommerfülle in jedem Grün,
in reifen Feldern
und im roten Mohn,
in leuchtend bunten Schmetterlingen,
im leisen Wehen,
in Vogelschwüngen
und im Zirpenton.

Wärme umschmeichelt,
Wolken gleiten ferne
und Töne klingen weit,
unter der himmelhohen Glocke
aus sanftem Blau,
aus Hoffnungsschwingen
und geschenkter Zeit.

Lebensfülle in jedem Blick,
in reifen Fragen,
im Gedankenglühen,
in neu gewagtem Vertrauen
und leisem Ahnen,
von Aufbruchstimmung
und von Neubeginn.

Stimmung am See

Sturm kommt auf, fernes Grollen,
der See grün, schaumgekrönt,
vom düstren Himmel fallen Silbertropfen,
alles in Bewegung.

Palmen zittern wie aufgeregte Damen mit ihren Fächern,
Kiefern werfen ihre Zapfen nach den Fischen im See,
Schaumkrönchen werden zu Wellengewoge.

Dort fällt ein Sonnenstrahl aus dunklem Himmel,
das Wasser antwortet mit freundlichem Glitzern
wie zur Besänftigung des Sturms,
der die letzten Segler heimwärts treibt.

Trotzig halten die Bananenpalmen ihre Blätter
wie Schwerter gegen den Wind,
als Warnung sozusagen, doch vergeblich.

September

Ein stilles Leuchten über jedem Tag,
in asternscheuer Morgenfrische
Vogelabschiedslieder,
Traubenbläue,
reifer Duft.

Wehes Maisfeldrascheln in der Nacht,
in dahlienträger Mittagssonne
Mäusevorratssuche,
Pflaumenlaune,
fruchtig-klare Luft.

Zufriedenheit liegt über der Natur,
in zartgoldener Abendstunde
Ackerdankesoden
ausgehaucht,
es ist vollbracht.

Leiser Abschied

Klare Bläue über gelben Wäldern,
sanfter Abglanz flimmernd ferner Glut,
Nebelgold auf Blätterwegen glitzert,
jeder warme Tag wie ein Geschenk.

Sonnenlachen wird zu mildem Lächeln,
jede letzte Blüte zum Juwel,
reife Früchte sprengen alle Hüllen,
Zeiten verdichten sich und werden nah.

Feine Kühle streicht durch Stoppelfelder,
Mondenstunde kündigt früh sich an,
Himmel flieht in grenzenlose Weite
wo der Sommer unendlich still verklang.

Herbstbeginn

Die Sonne senkt nun ihre Bögen,
die Tage werden kürzer, lang die Nacht.
Ganz langsam, wie von ferne, fallen Blätter,
klar hält der Himmel über allem Wacht.

Du fühlst den Bogen auch in dir sich senken,
das Jahr vollendet seine Früchte – so auch du?
Was gab die Zeit, wo stehst du heute,
was soll die Zukunft dir bedeuten?

Des Lebens Spiel ist unermüdlich:
Kaum landest du in einem sichern Hafen,
so brandet eine Welle neu heran,
ergreift dich, trägt dich fort ins Weite.

So lerne denn, der Strömung stand zu halten,
ein Fels zu sein im wilden Meer,
nicht unberührt von wechselvollem Eindruck,
doch stark und standhaft, so wie er.

Bäume im Herbst

Bäume – allein im Wald, aufrecht, dunkel,
trotzig irgendwo im Grau die Krone.

Bäume – allein im Feld, knorrig, bunt belaubt,
halten standhaft ihre Äste in den Wind.

Menschen – allein im Strom der Zeit,
suchen zweifelnd, liebend, hoffend ihren Weg.

Winter-Meditation

Der Winter hält mehrere Seiten bereit:
klirrende Kälte und Dunkelheit,
doch auch Klarheit und gläserne Luft,
was uns zu neuen Impulsen aufruft.

Dem Dunkel begegnen wir mit Licht,
das uns den Weg zu weisen verspricht,
erfüllen wir die Gedanken mit Klarheit,
bringen sie uns näher der Wahrheit.

Mit Licht im Herzen und klaren Gedanken
durchbrechen wir die inneren Schranken,
dass sie leicht und durchsichtig werden
und uns erschließen ein Stück Himmel auf Erden.

Oh du fröhliche

Wenn alles getan ist
in den Tagen vor dem Fest,
wenn alles bedacht und vorbereitet ist,
dein Werk vor dir steht
und alles von dir abfällt,
fühlst du, wenn du ehrlich bist,
eine große Leere in dir.
Kann so Weihnachten kommen?

Ungewohnt, diese Stille,
dieses Nichts-Tun,
das du kaum genießen kannst,
so angespannt bist du.
Das kann es wohl nicht sein,
im nächsten Jahr wird alles besser,
auch ohne Plätzchen und Geschenke!
Weihnachten – nur Stress?

Du lässt die Hände ruhen,
setzt dich nieder,
atmest aus und blickst dich um.
Erst jetzt bemerkst du,
was vorgeht um dich her,
dass der Himmel grau ist
und es draußen schneit.
Es wird wirklich Weihnachten.

Plötzlich ergreift dich Freude,
prickelnde Vorfreude,
und unendliche Erleichterung,
ja Leichtigkeit, die dir Flügel verleiht,
mit denen du dich aufschwingst
und aus vollem Herzen jubelst:
Oh du fröhlich, oh du selige,
gnadenbringende Weihnachtszeit!

Ermutigung

Des Jahres letzter Abend bricht herein,
wir gehen auf eisigen Wegen, es hält uns nicht daheim,
Schneefelder glitzern wie Diamantenstaub,
die Sonne löscht behutsam die Lampe aus.

Die Berge grüßen stumm uns aus der Ferne,
es ruft die Weite, und das Herz folgt gerne.
Wenn unter weicher, weißer Rundung alles ruht,
spürst du es wohl: Das alte Jahr war gut.

Sind auch die Wege manchmal voller Schnee und Eis,
so dass man irrt, die Richtung nicht mehr weiß,
der Horizont geht nie verloren, er ist immer da,
begrüße voll Vertrauen das neue Jahr!

Januarnebel

Vorbei der Festestaumel,
vorbei die tiefste und die hellste Nacht,
ein neues Jahr hebt an, die Uhren schweigen –
ein Neubeginn?

Vergangenes kehrt nicht mehr wieder,
Zukünftiges liegt noch in wager Ferne,
nah ist nur Gegenwart, ich lausch auf ihre Schritte –
wo mag sie sein?

Liegt sie im grauen Morgennebel,
im Schmelzeis, das von feuchten Dächern tropft,
im Lächeln eines Kindes, im klaren Abendstern –
oder in keinem?

In all dem liegt Gegenwart, du musst sie nur ergreifen,
dann bringt sie dir die Fülle ihrer Gaben
und fügt dich wieder ein dem Zeitenstrom,
dem du für kurze Zeit entwichen bist.

Spuren

Lebensspuren gleichen Skispuren im Schnee:
Am liebsten ziehe ich sie außerhalb der vorgegebnen Bahnen,
die breitgetreten sind und oft gefährlich glatt,
so dass man leicht ausgleiten kann.

Ich ziehe meine Spur gern selber in den unberührten Schnee,
bestimme selber Richtung und Verlauf,
welche Bögen und Umwege sie nimmt,
dorthin, wo es schön ist oder wo man einen Ausblick hat.

Abwechselnd schneiden sich die Skier in den Pulverschnee,
in meinem ureigenen Rhythmus,
der sich anpasst an den Rhythmus der Natur
in ihrer Ruhe und Gelassenheit.

Unterwegs begegnen sich die Spuren,
breite, schmale, wie Lebenswege,
die sich kreuzen oder nur berühren.
Einige laufen im Einklang nebeneinander her.

Manche Spuren verlaufen ganz gerade,
gleichmäßig und zielstrebig.
Andere wieder geraten ins Schlingern, schlagen Haken
oder laufen sogar völlig aus dem Ruder.

Die Lebensspur liegt nicht allein in unserer Hand,
die Weichen werden ja woanders auch gestellt,
doch Freiheit besteht vielleicht gerade darin,
so behutsam und bewusst wie möglich sie zu steuern.

Winternachmittag

Die Schritte tragen übers Urgestein
Bäche fließen eilend uns entgegen
ins stille Tal.

Eiskrusten schwinden stumm
kühle Teiche spiegeln blasse Himmel
im scheuen Licht.

Einsames Klopfen
Rascheln unterm braunen Laub
junge Tannen vergessen
im kahlen Wald.

Granitschritte
Bleibendes und Vergehendes
hellblauer Wintertag
erwartungsstill bevor der Frühling naht.

In der Stille

Brückenschlag

Brücken, die räumlich sind,
überspannen Täler und Flüsse,
tragen uns über die tiefsten Abgründe hinweg.

Brücken, die zeitlich sind,
verbinden Gestern und Heute,
helfen den Generationen, einander zu verstehen.

Brücken, die herzlich sind,
gehen von Mensch zu Mensch,
reichen verzeihende und liebende Hände.

Wege, die völkerverbindlich sind,
müssen über die tiefsten Abgründe des Gestern und Heute
verzeihend und liebend diese Brücken schlagen.

Wegscheide

Das eine suchen, dem andern entsagen,
heißt Abschied und Neubeginn gleichzeitig wagen.
Nicht oft im Leben stehst du an der Stelle,
die gleichzeitig Nullpunkt ist und Schwelle.

Das eine steht vor dir in schmerzvoller Pein,
du wünschst es dir sehnlichst, doch soll es nicht sein.
Übergib es dem Schicksal und mache dich frei
und vertraue: Auch da ist ein Sinn dabei.

Das andere kannst du bisher nur erahnen,
doch sollst du zum Suchen dich ermahnen,
denn hier liegt die Chance für dein Leben:
eine neue Richtung dir zu geben.

So liegt der Neubeginn bereits in der Not,
gleichwie die Auferstehung im Tod.
Ergreifst du die Gunst des Augenblicks,
bist du der Meister deines Geschicks!

In der Stille

Wenn ich ganz ruhig werde
und lerne, die Stille zu ertragen,
entdecke ich erst,
wie viele Geräusche das Leben hat.

Wenn ich genau hinhöre
und lerne, die Stille zu erleben,
nehme ich erst wahr,
wie das Leben darin pulsiert.

Wenn ich innerlich aktiv werde
und lerne, die Stille zu erfüllen,
wird mir bewusst,
wie ich mit allem Lebendigen verbunden bin.

Die Weltgeschichte

Sie ist ein riesengroßes, buntes Karussell,
mit Pferdchen, Postkutschen und Feuerwehren,
mal dreht es langsam sich, dann dreht es wieder schnell,
während sie alle immer wiederkehren.

Die Reihenfolge, sie bleibt immer schön dieselbe,
und irgendwann ist sie uns wohlbekannt:
dem roten Pferdchen folgt das schwarze, dann das gelbe,
alles bewegt von einer unsichtbaren Hand.

Oft dreht es langsamer und bleibt sogar kurz stehen,
es wechseln nur die Fahrer und die Reiter,
die einen kommen und die andern müssen gehen,
die Weltgeschichte dreht sich langsam weiter.

Früher Abend

Wenn es Abend wird,
kommt ein Friede über mich,
dieses letzte Glimmen
liebe ich.
Alles tritt zurück, wird Silhouette nur,
und Ruhe senkt sich
auf die Natur.

Dankbarkeit erfüllt mich
für alles, was ich heute sah,
tat, hörte und begriff,
das schätze ich.
Die Begegnungen, die ich gehabt,
werde ich mitnehmen
in die Nacht.

Freude regt sich heftig,
Lust auf einen neuen, hellen Tag,
der ans Heute anknüpft,
wie ich's mag.
Manches werd' ich ernten, Neues säen,
Altes begraben
und weitergehen.

Luxus

Ich brauche nicht viel,
mir genügt ein einfaches Essen,
mit meinen Kleidern treibe ich keinen Staat,
es muss kein teures Auto sein.

Ich brauche kein elegantes Haus,
ich bin in einer ausreichend großen Wohnung glücklich
und ich muss im Urlaub nicht um die halbe Welt fliegen,
um mich bestätigt zu fühlen.

Ich brauche nicht die raffinierteste Stereoanlage,
kein Fernsehgerät mit vierzig Programmen
und schon gar kein Handy,
um mitreden zu können.

Was ich brauche ist meine Freiheit,
ich muss schreiben, malen können,
dafür brauche ich Ruhe, Zeit und Intuition.
Und das ist in einer Zeit wie heute der pure Luxus.

Wut

Wut macht mich hilflos,
wo ich stark sein sollte,
Wut macht mich machtlos,
wo ich überlegen sein sollte,
Wut macht mich schamlos,
wo ich beherrscht sein sollte.

Wut schafft nur neues Unrecht.
Unrecht aber
fällt auf jeden selbst zurück.
Der, auf den ich wütend bin,
richtet sich also selbst.
Meine Wut kann ich mir sparen.

Lebensplan

Von der Jugend erträumt
in großem Stil,
wie er sein soll,
von allem das Beste,
alles noch möglich,
mit hohem Ziel –
nur erste Plätze.

Vom Leben verwirklicht
in eigner Regie,
wie er sein muss,
nicht ohne Leiden,
alles in Grenzen,
verkanntes Genie –
endlich bescheiden.

Vom Menschen gemeistert
mit ganzer Kraft,
fängt stets er
von vorne an,
nach jedem Scheitern
neu gefasst –
der wahre Lebensplan.

Grenzen

An den Grenzen des Erreichbaren
    beginnt das Unerreichbare.
An den Grenzen des Überwindbaren
    beginnt das Unüberwindbare.

Aber an den Grenzen des Unvorstellbaren
    beginnt das Vorstellbare,
und an den Grenzen des Unmöglichen
    das Mögliche.

Stummer Schrei

Gegen Wände laufen
in jeder Richtung.

An Grenzen stoßen
bei jedem Schritt.

Lachen
für die da draußen.

Immer im Kreis
ohne Weg und Ziel.

Stillstand
mit tausend Fragen.

Ohnmacht,
mit allem allein.

Stummer Schrei in taube Ohren,
wann wird er zu hören sein?

Verwandlung

Stille und Feuer,
du weißt, du bist angekommen,
aufgehoben im Kreis des Bekannten,
ruhig fließend
fühlst du die Kraft.

Ich und du,
wir sind nicht allein,
gemeinsame Flüge zum Himmel,
lautlos kreisend
jauchzend der Freiheit.

Raum und Zeit,
Geschenke der Ewigkeit,
drängen nach schöpferischer Erfüllung,
das Wir verwandelnd
gibst du für alle dich hin.

Suchend

Rastlos ziehen Wolkenbilder,
ständig neues Werden,
Lüfte treiben Schmetterlinge,
von Blütensuche lebend.

Rastlos getrieben ist mein Weg,
ständig neu im Werden,
auf der Suche nach mir selbst
und meinem Platz auf Erden.

Freundschaft

Geben, vergeben
Halten, erhalten
Tragen, ertragen

Erreichen, begleichen
Vermitteln, aufrütteln
Zuhören, erhören
Belassen, erlassen

Erspüren, berühren
Vertiefen, genießen
Verstehen, bestehen

ist Freundschaft.

Dank der Technik

Dank der Technik
können wir immer und überall telefonieren –
und trotzdem hören wir einander nicht mehr zu.

Dank der Technik
sind wir alle miteinander vernetzt –
und trotzdem kennen wir nicht einmal unseren
Nachbarn.

Dank der Technik
sparen wir viel Zeit –
und trotzdem läuft sie uns ständig davon.

Dank der Technik
haben wir eine höhere Lebenserwartung –
aber gerade das Warten haben wir verlernt.

Die Schöpfung

Wir programmieren die Jugend nach unserem Bild:
so »in«, wie es die Werbung suggeriert,
so »cool«, wie es die Wirtschaft braucht,
so »on-line«, wie es den Medien gefällt.
Dann speichern wir sie auf die Festplatte der Gesellschaft.

Das werden die Erwachsenen von morgen:
zu »in«, um anderes gelten zu lassen,
zu »cool«, um sich Menschlichkeit leisten zu können,
zu »on-line«, um neue Wege zu gehen.
Alte Dateien haben auf dieser Festplatte keinen Platz.

Die Alten von morgen aber sind wir.

Verantwortung

Verantwortung tragen viele,
stumm und geduldig,
und sie bleiben ihrem Ziele
dadurch nichts schuldig.

Von Verantwortung reden viele,
eifrig und laut,
doch ist bei diesem Stile
manches auf Sand gebaut.

Versicherungen gegen alles,
Krankheit, Wetter, Schaden,
ersparen im Fall eines Falles
die Verantwortung zu tragen.

Über seine Verhältnisse leben
um den Schein zu wahren –
für den Kredit, den die Banken geben,
müssen andere sparen.

Gefährlich leben liegt im Trend,
Halsbrecherisches wagen,
und nach verunglücktem Event
gegen den Veranstalter klagen.

Verantwortung beginnt bei sich,
im Denken und im Handeln,
und sie lässt sich deshalb nicht
abwälzen auf die andern.

Unterwegs

Loblied

Hoch über den lauten Städten,
weitab vom Getriebe der Zeit,
dem Himmel ein Stückchen näher,
den Sternen nicht mehr so weit.

Wo Dörfer eingebettet liegen
in sanfter Hügel kühnem Schwung,
über steinige Äcker Bussarde fliegen,
Wacholderbüsche stehen stumm.

Wo weißer Kalkstein liegt, sich dunkle Kiefern wiegen,
der Schäfer seine Herde führt,
im Gras versteckt der Distel Sterne liegen,
die Schlehe Feld und Wiese ziert.

Und wo im Herbst die wilden Stürme wehen,
im Winter Hül' und Bach vereist;
die Alpen kann man in der Ferne sehen,
wenn Raureif lange Zapfen treibt.

Hier oben fühle ich mich ganz zu Haus',
hier auf der Schwäb'schen Alb,
ich wandre in den rauen Sturm hinaus
und in den stillen Wald.

Der Sturm bläst mir die Seele frei,
der Wald gibt mir die Ruh',
den Blick klärt mir der weite Himmel neu,
der Vogel jauchzt mir zu:

Hoch über den lauten Städten,
zwischen Welt und Einsamkeit,
der Freiheit ein Stückchen näher,
der Ewigkeit nicht mehr so weit!

Erinnerungen an den Sommer

»Sturmtief zieht von Schweden in südöstliche Richtung« –
die Meldung löst Erinnerungen in mir aus:
Wie eine Glocke lag der Sommerhimmel über Rügen,
ich frage mich, wie sieht es heute wohl dort aus?

Die Ostsee, damals ein Stück glatter blauer Samt,
jetzt grau-grün und mit weißer Gischt bezogen,
ans Ufer treibt der Herbststurm sie mit Wucht heran,
und an die Kreidefelsen branden wilde Wogen.

Nur noch verwehte Spuren an den leeren Stränden,
die Vogelwelt ist wieder unter sich,
auch keine Boote mehr, die in den Hafen drängen,
nur noch die Fähre schiebt sich durch das trübe Licht.

Wie eine Diva nahm die Sonne abends ihren Abschied,
den Mohnfeldern vermachte sie ihr Feuerrot,
das Haus, das von der hohen Klippe übers Meer blickt,
ob es wohl weiß, wo jetzt der Sommer wohnt?

Rügen

Kleines Land in der See,
Wasser, in Bodden darübergekleckst,
sanfte Hügel, kleine Wälder,
kreidiges Weiß ausgewaschener Wände
über buntsteinigem Ufer.

Steinreiches Land,
Steine, in allen Facetten hingestreut,
feinsandige Inseln, heckenrosenrot,
flüstern dir bei jedem Tritte:
du bist willkommen! zu.

Grünes Land am nordöstlichen Rand,
Bäume, zu Tunnels aufgestellt,
weiße Bauten, neuer alter Glanz,
windige Seebrücken, möwenumkrächzt,
gelbe Strandkörbe, winzige Muscheln.

Kleines, steinreiches, grünes Land,
Stillesuchenden heilig,
Räucherfisch, Bernsteinblick,
leuchtturmumwittertes Dichterglück
im Abendsonnengesang.

Teufelsmoor

Satter schwarzer Boden unter kurzem Gras,
krumme weiße Birken eingestreut,
schnurgerade Kanäle laufen
auf einen Punkt im Unendlichen zu.

Früher Nebel fällt schwadig
in geborgene Einsamkeit,
alle Wege verlieren sich
dort, wo der Himmel den Wald berührt.

Einst verschlang es die Menschen,
das Moor, dann erstachen sie es,
heute versucht man verzweifelt
zu retten, was davon geblieben.

Israel

Das tägliche Entsetzen über
Selbstmord-Attentate, Militärschläge,
tote Männer, Frauen, Kinder,
verletzte, trauernde, verzweifelte
Menschen in ihrem Schmerz
schraubt sich immer fester
um unser Herz.
Shalom, shalom Israel!

Meine Gedanken führen mich
in ein Land, mit viel Fleiß aufgebaut,
damit die Wüste fruchtbar werde,
kamen sie aus allen Ländern der Erde,
legten Hand an, weil sie eins verband:
der Glaube und die Hoffnung
auf das Gelobte Land.
Shalom, shalom Israel!

Ich erinnere mich
an ein schönes Land,
fruchtbare Ebenen, karge Gebirge,
Wüste, Küste, milde Seen,
Spuren der Geschichte, Wiege der Welt.
In Galiläa habe ich einen Baum gepflanzt –
Hoffnung für ein geschundenes Land?
Shalom, shalom Israel!

Die Worte des Friedensbringers
verhallten einst ungehört.
Wer hört heute den Rufer in der Wüste?
Kann man Frieden erkämpfen?
Wer will diesen Kampf?
Auge um Auge, verheißenes Land –
wo willst du hin?
Lehitraot, lehitraot Israel!

Alb-Traum

Eine blaue Mauer zieht sich durch ein Land,
südlich schon, den Alpen nicht mehr weit,
dem Beschaulichkeit Liebenden ist sie wohlbekannt,
verheißt Ruhe ihm und Einsamkeit,
ein erbauliches und stilles Leben –
Einkehr eben.

In gewisser Weise auf dem Dach der Welt,
aufgestiegen aus den flachen Niederungen,
wo ihn Dunst und Lärm gefangen hält,
woraus er sich empor gerungen,
darf er sich zu Großem erheben –
Schöpfung eben.

Darf er über grüne Höhen wandern,
durch Wacholderheide, kühlen Wald,
von einer steilen Burgruine zur andern,
wo sein Echo ihm entgegenschallt,
Burgfräulein und Riesen begegnen –
träumen eben.

In die feuchte Tiefe der Höhlen steigen,
auf schroffen Felsen in die Weite schauen,
sich vor hundertjährigen Bäumen verneigen,
den verschlungenen Pfaden vertrauen,
versteinerte Schätze heben –
staunen eben.

Eine blaue Mauer zieht sich durch ein Land,
wo, um zum Alltag auf Distanz zu gehen,
der Beschaulichkeit Liebende Stärkung fand,
lernte, wieder Wesentliches zu sehen
und dass eins nur wirklich zählt im Leben –
Heimkehr eben.

Das Jüdische Museum in Berlin

Ein Blitzstrahl, silbrig gleißend,
wild gezackt und unumwunden,
trifft ein Volk unmittelbar
an seiner empfindlichsten Stelle.

Ein Mahnmal, streng gesichert,
gebaute gnadenlose Konsequenz,
erreicht schonungslos sein Ziel,
tiefe Verunsicherung zu schaffen.

Ein Kreuzweg, eng umbaute Linie,
von aufwühlenden Zeugnissen gesäumt,
ertrotzt sich förmlich
die rückhaltlose Spurensuche.

Abbrüche, verletzende Durchbrüche,
verzweifelte Aufbrüche
lassen unwiederbringlich
alte Lebensräume leer zurück.

Eine silberne Schlange, schmerzhaft brennende
Erkenntnis in der Beschämten Brust,
die Glut der Erinnerung rettend
in eine geläuterte Zukunft?

Sanssouci

Sanssouci an hellen Tagen,
hingestreckt wie eine ruhende Prinzessin
im Schutz der grünen Weinterrassen,
auf ihrem zarten Kopf ein filigranes Krönlein
und ihr langes Haar zu beiden Seiten ausgebreitet.
Die müden Augen fallen ihr gleich zu
und leise lässt sie sich zur Ruhe singen
vom milden Rauschen der Brunnen unten im Park.

Doch schon bald erhebt sie sich
und wandelt durch das stille Schloss,
von einem edlen Herrn erwartet,
feierlich im dunklen Rock und hohen Stiefeln.
Den freundlich dargebotenen Arm ergreift sie gern
und lässt sich in den kühlen Marmorsaal geleiten.
An einem Tischchen feinsten Rokkokos
heißt er sie Platz zu nehmen,
zu goldnem Tee in reichverziertem Silber. Bon appetit!

Ehe sie sich's versieht, ist er schon nebenan
und öffnet weit die hohen Flügeltüren,
tritt lächelnd ans Klavier,
führt seine Flöte an den Mund
und gibt ein köstliches Konzert,
so dass die Töne nur so rauschen,
wie die Brunnen unten im Park ...

Davon erwacht sie,
schüttelt leicht ihr Haupt – ganz vorsichtig,
es könnte sonst die Gästeschar erschrecken,
die sich bewundernd tummelt um das Schloss.
Bequem zurechtgesetzt und ohne Sorgen
sieht sie ihnen, amüsiert von Herzen, dabei zu.

Bei den Gedenkstätten des deutschen Widerstands und der Mauer in Berlin:

Widerstand

Eine Aktentasche mit Bombengewalt,
ins Zentrum der Macht geschleust,
zur Vernichtung von einem
zur Rettung von vielen,
durch tapfere Hand.

Ein Tunnel der Hoffnung
von West nach Ost gegraben,
zur Flucht der Verzweifelten
aus eiserner Umklammerung,
durch mutige Hand.

Es beginnt beim Widerstehen,
den Meinungszwängen und Massenströmungen,
falsche Entwicklungen erkennen,
auf sein Gewissen hören:
ein Aufruf an jeden.

20. Juli 2002

Die Erwachende

Klar, blau und kühl aber freundlich
steht der Morgen über Hamburg,
der Erwachenden, die sich streckt,
gähnt, und verwundert um sich schaut.

Zum Ruhen blieb ihr reichlich wenig Zeit,
sie gönnt sich Schlaf nur in geringen Dosen,
recht übernächtigt, doch erwartungsvoll
blinzelt sie dem jungen Tag entgegen.

In der Elbe baumeln die zertanzten Füße,
stolze Schiffe kreuzen um die Zehen,
Tauben picken ihr das Frühstück von den Lippen
und Alsterwasser kühlt den heißen Kopf.

Der Morgen ist nicht mehr zu überhören,
Geschäfte öffnen sich, andere schließen,
Menschen streben eilig durch die Straßen
und kalter Dunst kriecht um die Häuserzeilen.

Sie räkelt sich zufrieden
und genießt die morgendliche Unrast,
Lust, Liebe, Glück und Tod aufs Neue,
und ihren eignen Wert dabei kennt sie genau.

Eitel spiegelt sie sich in den Glasfassaden,
nächtliche Schatten zeichnen ihr Gesicht,
zur Hälfte ging es mit dem Dunkel unter,
die andere schweigt sich darüber aus.

Hamburg erwacht, die Speicher aufzufüllen,
im Sonnenaufgang macht es sich bereit,
wird manövriert, gelöscht und neu geladen,
hat wieder angedockt an Welt und Zeit.

Badisches Rebland

Frühnebel heben sich vom Tal,
auf kühnem Hügelschwung, besteckt mit Reben,
breitet sich Milde aus, das Glück, zu leben
durchströmt uns –
und fern fließt der Rhein.

Behäbig blinzeln Winzerdörfer,
den Traubensonnenlobgesang stimmt Bacchus selbst
aus übervollem Herzen an,
durchklingt uns –
und fern fließt der Rhein.

Heiteres Lächeln liegt über dem Land
einsamer Waldeshöhen, letzten Eises,
denn in den Gärten stehn, das weiß es,
Narzissenträume –
und fern fließt der Rhein.

Rückblick

Für Prinzessin Margaret von Hessen und bei Rhein
posthum

Kreuz und Rosen

Das Kreuz und die Rosen durchziehen
ihr Leben von Jugend an,
um das große Leid zu besiegen,
nahm sie sich ihrer Mitmenschen an.

Sie säte Güte und Liebe
und pflanzte Hoffnung ein,
sie hegte die jungen Triebe
und brachte sie zum Gedeihen.

So erblühten aus dem Kreuze
viel Rosen von edelster Pracht,
den Menschen zur Stärkung und Freude –
das hat sie unsterblich gemacht.

Welt-Aus-Stellung

Die Welt hat beschlossen, sich zu exponieren,
nun liegt sie an der Leine, um zu imponieren,
in Hallen und Pavillons zu präsentieren,
über Mensch, Natur, Technik zu informieren,
Entwicklung und Fortschritt zu demonstrieren,
Zukunftsszenarien zu projizieren:

Die Länder wollen sich mobilisieren,
die Wirtschaft weiter globalisieren,
Arbeit noch mehr spezialisieren,
Großprojekte realisieren,
Energie nachhaltig produzieren,
Armut drastisch reduzieren.

Will man das alles konsumieren,
muss man Wartezeiten akzeptieren,
muss kilometerlang marschieren,
darf in den Hallen nicht telefonieren
und mit dem Blitzlicht fotografieren,
sollte sich dabei nicht genieren,
aus dem Rucksack zu dinieren.

Dann lässt man sich faszinieren,
von den Bildern suggerieren:
Hört endlich auf zu lamentieren
und die Zukunft zu boykottieren.
Fangt lieber an zu praktizieren
und euch am Machbaren zu orientieren!

September 2000

Das Jahr fängt an sich zu verdichten,
die Bäume beginnen sich zu lichten,
kalte Nächte – warme Tage,
und mancher stellt sich schon die Frage
nach des Jahres Zweck und Sinn:
Gab es einen Hauptgewinn?
Doch Glück liegt nicht allein im Geld,
St. Michael die Waage hält,
und wirft er Freud und Leid darauf,
so geht die Rechnung meistens auf:
Mal hast du fürchterlich gelitten,
mal hat der Teufel dich geritten,
hast abkassiert und ausgeteilt,
dafür dich dann das Pech ereilt:
Die Aktie fiel in den Keller,
die OPEG fraß den letzten Heller.
Doch da nichts bleibt ungerochen,
wie es St. Michael versprochen,
kannst auf Revanche du dich freuen,
da wird's die Ölscheichs heftig reuen:
Mit Wasserstoff das Auto fährt
und Biogas im Ofen gärt.
Die Kuhmistaktie wird richtig teuer,
satter Gewinn statt Ökosteuer.
Und plötzlich ist er nicht mehr reich,
der Scheich!

Das neue Geld

Was lange währt, wird endlich wertlos,
statt Einzelwährung gibt's jetzt Euros,
nicht jeder war darauf erpicht,
hört, was man in Europa spricht.

Furore macht der Italiener,
sein Portemonnaie wird immer leerer,
was ist schon 1 Cent gegen 10.000 Lire,
in Italien kriegt man nix dafire!

Der Österreicher hängt an seinen Groschen,
den Euro, den hat die EU verbrochen,
er nimmt ihn nur mit halbem Herzen,
und ihm ist darum nicht nach Scherzen.

In Irland dagegen füllt man gelassen
den neuen Euro in die Kassen,
was soll's, er ist genauso round
wie das gute alte irische pound.

In Holland klebt man nicht am Gulden,
man will dem Fortschritt ja nichts schulden,
Altes wirft man hier leichter über Bord,
auch ist Wim Duisenberg von dort.

In Frankreich hatte man den Franc,
jetzt holt man Euros von der Banc,
der Cent, er ist geblieben,
dafür tut man ihn lieben.

Selbst Finnland ist ganz nahgerückt –
ob es die Finnen wohl entzückt,
wenn Griechen und Portugiesen anrollen
und in ihre Sauna wollen?

Auf der Karte bleibt ein Fleckchen weiß,
das ist natürlich die neutrale Schweiz,
noch will sie nichts vom Euro wissen,
Liechtenstein findet das beschränkt.

In Deutschland ist man sehr gespalten,
auch hier hängt man ja sehr am Alten,
doch will man nicht danebenstehen,
wenn alle schön im Gleichschritt gehen.

Was sagt uns dieses Stimmungsbild?
Dass wieder mal das Sprichwort gilt:
Allen Menschen recht getan
ist eine Kunst, die niemand kann.

Ein Jahr danach

An jenem strahlenden Septembermorgen
riss grenzenloser Hass und bös gesinnter Wille
zahlreiche Menschen in den Tod,
zerstörte Leben und Hoffnung,
schuf Leid und Not.

Menschenverachtung und religiöser Wahn
schlugen eine Wunde ins Geflecht des Lebens,
zertraten Sicherheit und Vertrauen
und unterbrachen,
was gerade erst begann.

Dieser Gewalt kann eine Kraft nur widerstehen,
die weder Hass noch böser Wille überwindet:
Die Liebe geht gestärkt daraus hervor,
weil sie die Menschen hier und im Jenseits
um so mehr verbindet.

Nichts ist mehr, wie es war,
ein Satz, der seither häufig fällt,
jedoch das Böse ist noch immer da,
ein Jahr danach, sogar in uns,
nicht nur da draußen in der schlimmen Welt.

Abschied für einen Clown

Du lässt uns also allein
mit dem bitteren Ernst des Lebens.
Ich weiß, wir sollen nicht traurig sein,
sonst war deine Müh' vergebens.

Du hast uns dazu angeleitet
uns selbst zu hinterfragen,
das Menschenwesen ausgebreitet
in allen Lebenslagen.

Du bist geschlüpft in unsere Rollen,
cholerisch und phlegmatisch,
wie wir uns nicht sehen wollen
zeigtest du ganz pragmatisch.

Du hast den Menschen angeschaut,
den Starken und den Schwachen,
dein Spiel ging allen unter die Haut
und jeder konnte lachen.

Der Tod braucht das Leben,
das Leben den Tod,
sich drüber erheben
geht nur mit Humor.

Du hast uns viel gegeben,
dann gab es für dich nichts mehr
was dich hielte am Leben.
Schade, du fehlst uns sehr.

Aphorismen

Organisation ist Rücksicht auf den anderen.

*

Die schmerzlichste Bitte an Gott lautet: Gib mir nicht, was ich mir wünsche, sondern was ich brauche. Es ist die Bitte der Entsagung.

*

Mit dem Unabänderlichen ist es so wie mit einer Klippe im Meer: Man brandet immer wieder an, bis die Klippe eines Tages vom Wasser so ausgewaschen ist, dass es einem gelingt, mühelos darüber hinweg zu fließen.

*

Versuche die Dinge, die du nicht ändern kannst, anzunehmen, wie sie sind, und sie werden dir eines Tages nicht mehr im Wege stehen.

*

Wer sich verletzt fühlt, lässt die Welt zu nahe an sich heran. Wer selber verletzt, weist die Welt von sich.

*

Wenn du deine Wunden pflegst, vernarben sie nicht nur, sondern heilen.

Lass deine Seele pendeln
zwischen Hoffen und Verzagen,
Sympathie und Antipathie,
Lachen und Weinen,
Kraft und Schwäche,
zwischen Ja und Nein,
Lieben und Hassen,
Zürnen und Verzeihen,
und sie wird sich auf ihren
ureigenen Rhythmus einschwingen.
An den äußeren Grenzen aber
musst *DU* stehen mit der Klarheit
deines Ichs.

*

Verbitterung kommt von unbewältigtem Schmerz und kann nur durch dessen Bewältigung aufgelöst werden.

*

Manchmal ist so viel Glück in mir, dass es kaum Platz hat in meinem begrenzten Selbst. Soll ich es auf ein Konto im Unbegrenzten überweisen?

*

Der beglückendste Moment eines Künstlers ist wohl der, in dem ihm sein Kunstwerk wie ein Geschenk entgegentritt.

Heiterer Kalender

Januar

Der Januar ist nörgelig
und ganz und gar nicht schnörkelig,
die einen spür'n Ernüchterung,
die andern geh'n ihn an mit Schwung,
die Stürme, sie erheben sich,
die Knospen, ja sie regen sich,
der Frühling wird schon kommen,
er hat sich's vorgenommen.

Februar

Der Februar ist kurz und heftig,
der Mensch fühlt sich nicht mehr so kräftig,
die Sonne fehlt, die Laune sinkt,
die Fasnacht wieder Stimmung bringt,
doch ist der Winter ausgetrieben,
bleibt man im Bett mit Grippe liegen
und träumt mit fiebrig rotem Kopf
von Zuckerhas' und Osterzopf.

März

Dem Monat März gehört mein Herz,
die Vögel fliegen himmelwärts,
nachts gibt es Frost, am Tag ist's warm,
man hängt die Jacke übern Arm
und denkt: Morgen gehe ich ohne sie,
mit kurzem Rock, nur bis ans Knie.
Doch das bereut man meistens sehr,
man schlottert wie schon lang nicht mehr.

April

Und ständig wächst die Ungeduld –
da ist nur der April dran schuld,
man möchte nun die Sonne sehen
und ungeniert nach draußen gehen.
Die Nachtigall lässt sich schon hören,
sie lässt beim Flirten sich nicht stören,
der Spargel wächst, es wird auch Zeit,
der Frühling kommt, wir sind bereit!

Mai

Der Mai beschert uns vielerlei
und ist uns noch ganz grün dabei,
Maiglöckchen und Muttertag,
und so manchen freien Tag,
erste Liebe, Heckenrose,
erstes Grillen, grüne Soße,
erstes Gewitter, und Mairegen
bringt der Natur angeblich Segen.

Juni

Manchmal bringt mit großen Hitzen
der Juni uns ganz schön ins Schwitzen,
die Sonne hat den höchsten Stand,
man sehnt sich jetzt nach Meer und Strand.
Doch auch Balkonien ist schön,
mit Erdbeereis und Sonnencreme,
der Tag ist lang und kurz die Nacht,
das halbe Jahr ist schon vollbracht.

Juli

Der Juli zieht uns in die Ferne,
am liebsten unter fremde Sterne,
denn die Natur ist voll entfaltet,
der Wettergott meist gnädig waltet,
doch neuerdings hat er ‘ne Schwäche
für Sturm und Regen, ganze Bäche.
Der Mensch ist auch mit schuld daran,
er heizt das Klima mächtig an.

August

Grillen wie aus einem Munde
zersägen zäh die Abendstunde.
Im Garten drüben lautes Fluchen:
Wespen wittern Zwetschgenkuchen.
Behaglich breitet der August
sich aus und das mit purer Lust,
noch einmal will er hoch hinaus –
mit leiser Wehmut klingt er aus.

September

Astern blühen, Äpfel fallen,
September tut uns den Gefallen,
hält den Sommer noch in Trab,
ringt ihm milde Tage ab,
hoher Himmel, Nebelflur,
sanfter Abschied der Natur,
genieße dankbar diesen Segen,
denn bald schon stapfst du durch den Regen!

Oktober

Wer will noch mal, wer hat noch nicht?
Gelassen der Oktober spricht
und streut mit großzügiger Hand
die letzte Sonne übers Land.
Doch tückisch seine Handschrift ist:
Während man goldne Trauben isst,
holt er schon Schnee und Frost hervor
und lacht sich eins im Wolkentor!

November

Der stets mürrische November
ist Vorletzter in dem Kalender,
seine Laterne flackert matt,
an keinem Baum hängt mehr ein Blatt.
Wir tun's ihm gleich, sind trüb und schwer,
doch freuen wir uns umso mehr,
wenn früh die Dämmerung bricht herein,
an Kürbisgratin und Kerzenschein!

Dezember

Den Jahreskreis schließt der Dezember,
Weihnachten feiern viele Länder,
im Vorfeld bricht die Hektik aus,
meist hängt der Segen schief im Haus,
Frieden auf Erden wünschen sich alle
wie sich's gehört, aus Bethlehems Stalle.
Raketenknall beschließt das Jahr,
das wieder einzigartig war!

LICHTpunkte

Die Lyrik-Reihe im TRIGA\VERLAG

Band 1
Cäcilie Alt
Regenbogenträume
Gedichte
Mit zahlreichen Fotos
Hardcover. 9,90 € · 18,10 SFr
ISBN 3-89774-130-X

Band 2
Antje Wagner-Kolar
unbeschreiblich
Gedichte und eine mittelalterliche Novelle
9,20 € · 17,40 SFr · ISBN 3-89774-159-8

Band 3
Reinhold Huttinger
Wechselspiele
Lyrik
9,20 € · 17,40 SFr · ISBN 3-89774-168-7

Band 4
Sabine Axnick
Der gewürfelte Mops
Heitere Gedichte
9,20 € · 17,40 SFr · ISBN 3-89774-170-9

Band 5
Christian Miller
Geometrie der Liebe
Gedichte
9,20 € · 17,40 SFr · ISBN 3-89774-191-1

Band 6
Irmgard H. B. Suchier
Am Wege
Lyrik
7,90 € · 14,50 SFr · ISBN 3-89774-206-3

Band 7
Christel Bode
Mein Kaleidoskop des Lebens
Besinnlich-heitere Malerei und Lyrik
Mit zahlreichen Illustrationen
9,20 € · 17,40 SFr · ISBN 3-89774-219-5

Band 8
Sabine Axnick
Schleiergeiereiernest
Heitere Gedichte
Mit zahlreichen Illustrationen
9,20 € · 17,40 SFr · ISBN 3-89774-226-8

Band 9
Antje Bock
Aber diese wunderbare Welt stirbt nie
Lyrik und Prosa
9,20 € · 17,40 SFr · ISBN 3-89774-231-4

Band 10
Karin Grabsch
Momentaufnahmen der Gefühle
Gedichttexte
Mit zahlreichen Illustrationen
9,20 € · 17,40 SFr · ISBN 3-89774-232-2

Band 11
Silke Brunner
Die Träume einer Seele
Gedichte
Mit zahlreichen Illustrationen
9,20 € · 17,40 SFr · ISBN 3-89774-237-3

Band 12
Willi H. Hartmann
Lebenstakte
Gedichte
Hardcover · 9,20 € · 17,40 SFr
ISBN 3-89774-235-7

Band 13
Anke Zacharias
Von Sehnsüchten und Regenbögen
Gedichte
Mit zahlreichen Illustrationen
9,20 € · 17,40 SFr · ISBN 3-89774-271-3

Band 14
Anne van Kamp
Hohe Worte, die in die Tiefe greifen
Gedichte und Gedanken
9,20 € · 17,40 SFr · ISBN 3-89774-273-X

Band 15
Hans-Helmut Mährle
Zeitenstrudel
Gedichte
9,20 € · 17,40 SFr · ISBN 3-89774-298-5

Band 16
Carla Bein
Hinter dem Sonnenschein
Gedichte
9,20 € · 17,40 SFr · ISBN 3-89774-299-3

Band 17
Margareta Petermann
Sein ist Werden – Werden ist Sein.
Gedichte
Mit zahlreichen Illustrationen
9,20 € · 17,40 SFr · ISBN 3-89774-284-5

Band 18
Sabine Axnick
Mord in Gagimeris
Tierische Kriminalgedichte
9,20 € · 17,40 SFr · ISBN 3-89774-282-9

Band 19
I. Tarrassow, M. Petermann,
C. Petermann
Weisheiten und Philosophische Erkenntnise
Gedichte
Mit zahlreichen Illustrationen
9,20 € · 17,40 SFr · ISBN 3-89774-295-0

Band 20
Hedwig Protzek
Kunterbunt Gewürfeltes
Gedichte und Fotos
9,20 € · 17,40 SFr · ISBN 3-89774-319-1

Band 21
Peter Völker
Strandgut und Zeitgeister
Lyrik
9,20 € · 17,40 SFr · ISBN 3-89774-320-5

Band 22
Anja Wenneker
Hasenbrot und Apfelschorle
Gedichte
9,20 € · 17,40 SFr · ISBN 3-89774-329-9

Band 23
Gudrun Kowalski
Kleider machen keine Menschen
Gedichte und Fotos
9,20 € · 17,40 SFr · ISBN 3-89774-321-3

Band 24
werner göbl
mit der liebe kam auch der frühling
lyrik
9,20 € · 17,40 SFr · ISBN 3-89774-311-6

Band 25
Carla Bein
Zauberträume
Gedichte
9,20 € · 17,40 SFr · ISBN 3-89774-330-2

Band 26
Alexander Müller
Ich mache die Fenster auf
Gedichte
9,20 € · 17,40 SFr · ISBN 3-89774-331-0

Band 27
Julia Tillmann
Meine Bilder
Gedichte
9,20 € · 17,40 SFr · ISBN 3-89774-330-2

Band 28
Ursula Frede
Gedichte
9,20 € · 17,40 SFr · ISBN 3-89774-353-1

Band 29
Barbara Nowak-Schneider
Durch die Zeit
Gedichte
9,20 € · 17,40 SFr · ISBN 3-89774-347-7

Band 30
Anne van Kamp
Zeiten-Wende
Die Energie der neuen Zeit
9,20 € · 17,40 SFr · ISBN 3-89774-334-2

Band 31
Sandy Green
Im Milchglas-Spiegel
Gedichte
9,20 € · 17,40 SFr · ISBN 3-89774-355-8

Band 35
Gerhard Wissler
Unser Pünktchen
Tagebuch eines werdenden Großvaters
9,20 € · 17,40 SFr · ISBN 3-89774-362-0

TRIGA\VERLAG OHG
Herzbachweg 2 · 63571 Gelnhausen
Tel.: 06051/53000 · Fax: 06051/53037
triga@trigaverlag.de · www.trigaverlag.de